蕪村のロック

向井楠宏
写真・古河洋文

海鳥社

はじめに　蕪村の俳句を拾い読みする楽しさ、想像を羽ばたかせる楽しさ

なぜ蕪村なのか。その理由を、理屈をつけて説明するのはむずかしい。また説明する気もない。詩というものはそういうものなのかもしれない。

芭蕉以後、現代に至るまでの幾多の俳人の俳句を読み流してみて、もう一度読んでみたい、という強い気持ちが起きるのは、蕪村を除けば、野沢凡兆、炭大祇、杉田久女、山口誓子、石田波郷ぐらいのものである。このような俳人の名前から、私の好みを推察していただけるかもしれない。

布団の中に入り、寝付くまでのしばらくを、蕪村の句集を開き、気に入ったところから拾い読みしてゆく楽しさは、応えられない快楽である。この癖は、十年前に大学を退職してから一層強くなり、ほとんど病みつきのようなってしまった。世にいうブソニストの一人である。

このようなやり方でこれまで、手許にある蕪村の句集を繰り返し読んできたのであるが、気に入った句はほとんど諳んじるまでになった。そして気がついたのは、不思議なことに、蕪村には、季語とか季節などごとに、私好みの素晴らしい句が、「ちょうど六句ほど、そろっている」ということなのである。

そこで、「蕪村のロック（六句）」と題して、読んで楽しく、見ても楽しくなるような本を作ってみたいと思うようになった。

蕪村の俳句は、明治以後、正岡子規、萩原朔太郎をはじめ、多くの俳人、文芸評論家などによって、さ

まざまに語られている。彼らによって、多くのことはすでに的確な言葉で語り尽くされているのかもしれないが、私の言葉で蕪村を語るとすれば、

「蕪村の俳句は、人事を含む森羅万象について、人の気がつかなかったような美しさ、素晴らしさ、奥深さを、自身の熱い感情を極力抑えた形で、十七文字に表し、差し出してくれている。彼の俳句は、読む人に自分の思いを押し付けるようなものではないので、それをもとに、人はそれぞれに自由に想像の翼を拡げ、羽ばたかせて、心から楽しむことができる。これこそが、俳句の醍醐味というものであろう。作曲家でいうなら、芭蕉はベートーベンに、蕪村はモーツアルトに例えることができる」

蕪村の俳句が描き出す美しさ、素晴らしさ、奥深さの中には、写真に撮って、あるいは絵に描いて表してみたいという衝動に駆られるものが少なからずある。六句を一つのグループにして、六句全体が醸し出す雰囲気、あるいはその中から、一、二句を選び出し、それに写真あるいは絵を加えて、見開きに収めることができれば、読んで楽しく、見て楽しい本が出来るのではないかと考えるに至った。

写真は古河洋文氏にお願いした。私の面倒な注文に快く応じてくださり、また、二人でよく議論を重ね、古河氏自身のアイデアもしっかりと取り入れて作成したものである。

絵については、写真に撮るのが難しいもの、あるいはぜひ絵に描いて表してみたいものを、私が手すさびに描いてみた。

二〇一五年四月十日

向井楠宏

蕪村のロック◉目次

冬……103
時候 104
天文一 108
天文二 112
動物、植物 116
拾遺 120
王朝、異国趣味……125
王朝趣味 126
異国趣味 130
おわりに 135
写真の説明／絵の説明／参考文献 137
俳句索引 139

春

春雨

春雨や小《こ》磯《いそ》の小《こ》貝《がひ》ぬるゝほど

磯辺の貝を、明るい春の雨が音もなく濡らしている。海辺育ちの身には、このような情景が自然に浮かんでくる。「小磯の子貝」「ぬゝる」の同音の響きが快い。

物《もの》種《だね》の袋ぬらしつ春のあめ

春の農作業を前に、準備万端整った種袋をやわらかな春の雨が、染みとおるように濡らしている。春雨のなかに漂う静かな風情を鮮やかに描出。

春《はる》雨《さめ》や人住《す》ミて煙《けぶり》壁を洩《も》る

前書きに「化けもの棲《すみ》みて」とある。向井潤吉が描くところの「春雨に煙る年を経た民家」その壁から漏れ出た炊飯の煙が軒下を伝って流れ出している。

はるさめや暮《くれ》なんとしてけふも有《あり》

ひねもす、春雨の一日が今暮れようとしている。「けふも有」という表現は、今日一日の満ち足りた気持ちを表したものであろうか。

春雨やものがたりゆく蓑《みの》と傘

蓑を着た人と傘をさした人とが、春雨の中をやわらかな会話を交わしながら歩みゆく。「蓑と傘」という表現から、自然と、彼らの後ろ姿が浮かびあがる。

雛《ひな》見《み》世《せ》の灯《ひ》を引《ひく》ころや春の雨

夜が更けて雛店を訪れる客もなくなった頃、春雨が降りだし、火を消して、店を閉じた。春の宵のしめやかな雰囲気が伝わってくる。

朧月

おぼろ月大河《たいが》をのぼる御舟《ぎょしゅう》かな

朧月に照らされて、貴人の乗る舟が大河の真中をゆったりと遡っていく。この句全体からして、幻想的な王朝ムードがほとばしり出てくるよう。

よき人を宿《やど》す小家《こいへ》や朧月《おぼろづき》

朧月の今宵、高貴な人をお泊めしようとしている貧しげな小家。皆さんはこの句からどのような場面を想像されるだろうか。さながら『源氏物語』の夕顔の巻のシーン。

さしぬきを足でぬぐ夜や朧月

衣冠束帯の堅苦しい装束で一日を過ごした貴人が帰宅して、行儀悪く、足でさしぬきを脱いでいる。永い春の日が暮れた後の、朧月の宵の解放感、あるいは自堕落さ。

15　春

女倶《をんなぐ》して内裏《だいり》拝まんおぼろ月

男なら、一度はこんな経験をしてみたいものだと思いたくなるような幻想的な朧月の夜。すなわち、王朝貴族になって朧月の夜に、麗人を伴い内裏を拝んでみたい。

注　内裏　天皇の住居としての御殿。御所。

朧夜や人彳《たたずめ》るなしの園

秋の句に「梨の園に人たたずめり宵の月」がある。同じような場面ではあるが、朧夜は、白い梨の花の咲く頃の朧月の夜であり、たたずんでいるのはおそらく女人であろう。

月おぼろ高野《かうや》の坊の夜食時《やしよくどき》

高野山に行ったことはなく、その僧坊で夜食をとるということが何を意味するのかも分からない。たぶん朧月の夜にまぎれて、修行僧がこっそりとせしめるということかも知れない。

17　春

春の暮

燭《しょく》の火を燭にうつすや春の夕《くれ》

江戸時代に遡れば、部屋の灯りは、ろうそくの燭台や菜種油の行燈など、暗くて消えやすく、取り扱いに不自由なものしかなかった。夕闇せまる春の暮れの灯りにまつわる一こま。

にほひある衣《きぬ》も畳まず春の暮

春の暮れ四句の中の第一句。匂うような平安朝の艶なイメージ。香の残る衣服を脱いだままにして、しどけなく過ごす主人公の心理までが鮮やかに描き出される。

閉《へい》帳《ちやう》の錦《にしき》たれたり春の夕《くれ》

開帳が終わり、錦の帳が下りた春の暮れの寺院の境内の静寂のひと時。この句を読むと、野沢凡兆の「花散るや伽藍の枢《くるる》落とし行く」が、なぜか思い浮かんでくる。

うたゝ寝のさむれば春の日くれたり

昼寝をして、つい寝入ってしまい、目覚めたら、永い春の日がすでに暮れようとしていた。誰もがこのような経験をしたことがあるか、あったような気になってくるのではないか。

春の夕《くれ》たえなむとする香《かう》をつぐ

一気に読み下すと、これ以上の取り合わせはないように思えてくる。王朝イメージの春の暮れのけだるく物憂いムードを、見事なまでに捉えた。

大《おほ》門《もん》のおもき扉《とびら》や春のくれ

「寺院の大門のおもき扉」を、皆さんはどのようにイメージされるだろうか。このあとには「春のくれ」が一番似合っているように思われるし、これしかないようにも思われる。

行《ゆく》春《はる》

行《ゆく》春や撰《せん》者《じゃ》をうらむ哥《うた》の主《ぬし》

一世一代の名誉である勅撰集への入集が叶わなかった歌の作者の、撰者を恨めしく思う哀れな心、その心を包み込みながら、もの寂しく今年の春が過ぎ去ろうとしている。

ゆく春や歌も聞《きこ》へ（え）ず宇《う》佐《さ》の宮

参詣客が途絶えた晩春の宇佐の宮の一時《いっとき》、広大な境内は神楽歌も聞えず静まり返っている、と解釈したい。「歌」は、和気清麻呂が請けた神の託宣の和歌ではあるが。

寐《ね》仏《ほとけ》を刻《きざ》み仕《し》舞《まへ》ば春くれぬ

釈迦の涅槃像を丹精込めて彫ってきた仏師、もう少しで仕上がるはずであるが、その頃には、春も暮れを迎えているであろう。仏師の仕事をとおして描いた暮春の風情。

ゆく春やおもたき琵琶《びは》の抱心《だきごころ》

春愁拭いがたい晩春のひと時、誰もが感じるこのような気持ちを、王朝ムードたっぷりの琵琶という楽器を持ち出して表した。「抱心」の表現の素晴らしさ。

行《ゆく》春や白き花見ゆ垣のひま

春が暮れ、初夏が近くなるころには、白い花が目立つようになる。佐々木信綱作詩の童謡「夏は来ぬ」の一節、「卯の花のにおう垣根に……」が思い出される。

ゆくはるや同車の君のさゝめごと

後述の「王朝趣味」の六句には、この句の改案「春雨や……」の句を入れた。しかし、この初案の「ゆくはるや……」にも、同じように魅力があり、捨てがたい。敢えてここに取り上げげた。

25　春

梅

二《ふた》もとの梅に遅《ち》速《そく》を愛す哉

我が家の庭の二本の梅、咲き始める時期の違いを愛で楽しむ蕪村の風流。蕪村と三浦樗良の、俳風の違いを超えた雅交を例えた句。この例えを抜きにしても楽しめる。

白《はく》梅《ばい》や墨芳《かんば》しき鴻《こう》臚《ろ》館《くわん》

外国使節接待のための高雅な館、鴻臚館の異国情緒、そこで交わされる文人達の詩文の応酬、梅の白さと黒い墨の芳しい香りの取り合わせから、様々に想像の楽しさが広がる。

みの虫の古《ふる》巣《す》に添《そ》ふ(う)て梅二《に》輪《りん》

梅の花の可憐な美しさを描いて、蕪村の心の温かさまでもが伝わってくるよう。二輪という二の数字が絶妙。古河氏の写真も素晴らしい。

むめのかの立《たち》のぼりてや月の暈《かさ》

未だ朧とは言えない凛とした寒さの残る宵空の月に、暈がかかっている。梅の香がふくいくと立ち込めて、この香りが暈になったのでは、との思いが口を衝いて出たような句。

しら梅の枯《かれ》木《き》にもどる月夜哉

しら梅が咲きそろい、今夜はその梅が月に照らされて、さぞきれいだろうと思って、外に出てみると、月の光でかえって梅の花が分からなくなり、もとの枯れ木にもどってしまったように見えた。画家蕪村の観察眼の豊かさ、細かさ。

しら梅に明《あく》る夜ばかりとなりにけり

蕪村臨終三句の中の第三句。やがて来る春を想って作られたものであろう。死に臨んで蕪村は、しらじらと夜が明け初めるなかに咲く梅の花の幻想を見たのであろうか。

さくら

海手《うみて》より日は照《てり》つけて山ざくら

リアス式海岸の志摩半島の入江の中で育った私には、山桜のこのような情景が手に取るように目に浮かぶ。この句が描く山桜の美しさの極みを、蕪村はどこで見つけたのであろうか。

木《こ》の下《した》が蹄《ひづめ》のかぜや散《ちる》さくら

盛装した源頼政の嫡男仲綱が、その愛馬「木の下」にまたがり、満開の桜の木の下を疾走する。巻き起こる蹄の風に舞い散る桜。目の覚めるような時代劇の一こま。

花の香や嵯峨《さが》のともし火消《きゆ》る時

蕪村はこの句を絵にも描いている。しかし、この句が醸し出す情緒は、描くより、思いを膨らませるほうが楽しいように思われる。ともしびが消えて、桜が見えなくなった時、香りが匂い立つ。

筏士《いかだし》の蓑《みの》やあらしの花衣《はなごろも》

嵐山の保津川を下る筏士の蓑が、雨、嵐に散る桜でさながら花衣となる。これ以上の説明は無粋というもの。いつかどこかで見たことがあるようにも思われる情景。

ねぶたさの春は御室《おむろ》の花よりぞ

春爛漫、眠気を誘うような陽気になるのは、遅咲きの御室の桜が咲いてから。「御室の花」という語感だけからも、この雰囲気が伝わってくる。

ゆく春や逡巡《しゅんじゅん》として遅ざくら

この俳句全体の言葉の響きに魅せられる。去りゆく春の歩みはためらいがちに遅く、「やっと咲いた遅咲きの桜にも逡巡する気持ちがあるように思われる」と詠む感覚の新しさ、鋭さ。

33　春

菜の花

菜の花や和泉《いずみ》河内《かわち》へ小商《こあきない》

菜種油を採る菜の花畑は、和泉河内地方一帯に見渡す限り広がっていた。菜種油などの商品作物で潤う豊かな村々を、季節行商たちが訪ねては小商いをして行くのどかな農村風景。

菜の花や月は東に日は西に

一面の菜の花畑、東から月が昇り、西に日が沈もうとしている。人麻呂の「東《ひむがし》の　野にかぎろひの　立つ見えて　かへり見すれば　月かたぶきぬ」が、引き合いに出されるが、十七文字でこの世界を描出したことに驚く。

なの花や昼一《ひと》しきり海の音

菜の花畑の向こうに海があることは、海の音でわかる。春爛漫の静かな昼時、その海の音の響きがひときわはっきりと聞こえてくる。海辺育ちの私がこの句から思い浮かべる情景。

なのはなや筍《たけのこ》見ゆる小《こ》風《ぶ》呂《ろ》敷《しき》

菜の花の頃は筍の季節でもある。菜の花道を急ぐ人が持つ小風呂敷きから、包んだ筍が垣間見える。初物の筍が出て、初夏の訪れが近くなるころの風情をこの場面で捉えた。

菜の花やみな出はらひし矢走舟《やばせぶね》

近江八景の一つ「八橋の帰帆」で知られる八橋港では、今、舟という舟はみな出払ってしまい、賑わいも絶えて静まり返り、まわり一面の菜の花畑もまた、静謐そのものである。

菜の花や鯨《くぢら》もよらず海暮《くれ》ぬ

半農半漁の村の菜の花畑は満開になり、のどかな永い日も暮れようとしている。海の幸、鯨が来たというような大きな出来事もなく、海は単調に静かに暮れ行く。

拾遺

八巾《いかのぼり》きのふの空のありどころ

今上がっている凧は、昨日上がっていたのと同じ空のあたりのように思われる。ただそれだけの意味の句でありながら、なぜか懐かしく、郷愁の念さえ湧きあがる。

遅《おそ》キ日や雉子《きじ》の下《お》りゐる橋の上

山奥の人通りもない橋の上に雉が下り立っている。ようやく傾きかけた永い春の日が、静かにたたずむ雉の美しい羽を照らす。美しい絵の世界。

陽炎《かげろふ》や名もしらぬ虫の白き飛《とぶ》

春たけなわ、陽炎の燃え立つなかに白い虫が飛んでいる。「陽炎の中の名もしらぬ虫」とは言い得て妙。この一角を切り取って、春ののどかな情景を活写。

片町《かたまち》にさらさ染《そむ》るや春の風

寝付きの悪い時には、この句を繰り返し唱えるようにしている。胸中を涼風が吹きぬける思いで癒される。句の中に九個ある母音の「あ」が句を明るくさわやかにしている。

注　片町　道の片側だけ家並みのある町。
さらさ　更紗。もとジャワ舶来の色鮮やかな綿布。

春の海終日《ひねもす》のたり〳〵哉

中学の教科書でこの句に出会ったとき、俳句とはこんなにも素晴らしいものなのかと、感激したことを憶えている。「終日のたり」は、少年時代の春の海の記憶にぴったり。

甲《か》斐《ひ》がねに雲こそかゝれ梨《なし》の花

純白の梨の花畑を近景に、雲に包まれた青い峰なす甲斐の山々が連なる。一幅の精緻な油絵を見る思い。

夏

短夜

みじか夜《よ》や六里の松に更《ふけ》たらず

訪ねてきた美濃派の俳人雲裡房との天橋立での別れを詠んだ。夏の夜は六里（天橋立の距離）に達しないほどに短く明けて、名残を惜しむ間もなく別れなければならない。

短夜や同《どう》心《しん》衆《しゅう》の川《かわ》手《て》水《うづ》

下級の警護役、同心衆が夜を徹して務めに当たったその事件が解決して、明け初める短夜の川辺で、一息ついて手を洗っている。時代劇映画のひとこまを見るよう。

短夜や浪《なみ》うち際《ぎは》の捨《すて》篝《かがり》

短夜とて、まだ消えて間もなさそうな昨夜の篝が、波打ち際に無造作にうちあがっている。実際に見たのかどうかは分からないが、捨てがたい夏の夜明けの情景。

みじか夜《よ》や浅瀬《あさせ》にのこる月一片《いっぺん》

夜が更けて、四条河原の涼み床、あるいは鵜飼でも良いが、その賑わいが消え失せて、さみしさの漂う浅瀬の川面には、半輪の月がたゆたっているのみ。

みじか夜《よ》や浅《あさ》井《ゐ》に柿《かき》の花を汲《くむ》

夜明けの早い夏の朝、浅井戸から水をくみ上げると、つるべの中に黄白色の小さな柿の花が浮いていた。普段は気付かないような、浅井戸の柿の花に、夏の夜明けを見出した。

みじか夜や小《こ》見《み》世《せ》明《あけ》たる町はづれ

夏の夜明けの町はずれ、朝早く出立する旅人のために、あるじは小さな店を開けて待っている。庶民の生活の工夫のひとこまを、この場面に切り取った。

ぼたん

方《ほう》百里雨雲《あまぐも》よせぬぼたむ哉

豪華に咲き誇るぼたんの花の周り、百里四方の空には、一片の雨雲も見つけることができない。いささか誇張気味の表現ではあるが、不思議と気にならない。

寂《せき》として客の絶間《たえま》のぼたん哉

二十世紀の初頭、イギリスの詩人F・S・フリントによって週刊新聞「ニューエイジ」に取り上げられた。整った広い応接間に客が絶えた一時《いっとき》の静寂と、咲き誇るぼたんの花の取り合わせ。

地《ぢ》車《ぐるま》のとゞろとひゞく牡丹かな

地車が地響きを立てて通り過ぎるなかを、ぼたんが姿正しく悠然と咲き誇っている。音（地車の響き）とぼたんとが醸し出す空間の魅力を、斬新に引き出した。

ちりて後《のち》おもかげにたつぼたん哉

はなやかに咲き誇っていたぼたん、花が散ってしまった後でも、その花の姿が目に浮かんでくる。ぼたんの花の美しさを賛美するのに、このような表現でもって報いた。

牡丹切《きっ》て気のおとろひし夕《ゆふべ》かな

ぼたんの豪華さ、美しさは自身だけでなく、その周りの空間にまでも満ち満ちているのだ。ぼたんを切り取った夕べには、その場の「気」までもが一気に衰えてしまった。

牡《ぼ》丹《たん》散《ちり》て打《うち》かさなりぬ二《に》三《さん》片《ぺん》

蕪村には、花の王様ぼたんの句が、花の宰相芍薬に比して圧倒的に多い。この句はその中でも、良く知られた秀吟中の秀吟。ぼたんの散り際の美しさを余すところなく表現。

花

蚊の声す忍冬《にんどう》の花の散ルたびに

日陰に咲く忍冬の花、その花の蜜に寄りつく蚊の習性。花が散ることで蚊の声を聞き、蚊が飛んでいることが分かる。現実にこのような場面があるのかどうか、虚実皮膜の妙。

河骨《かうほね》の二《ふた》もとさくや雨の中

夏の雨の中、池の水面に咲く二もとの河骨、これだけで、周りの風景や雰囲気をさまざまに想像することができる。夏の雨の風情を、この一場面に切り取った。

柚の花やゆかしき母屋《もや》の乾隅《いぬいずみ》

「柚の花」と「ゆかしき母屋の乾隅」との取り合わせが秀逸。由緒ある旧家の西北の隅から、柚の花の香りが漂いくる。香りと情景が、互いを一層引き立たせる。

花いばら故郷《こきやう》の路《みち》に似たる哉

『蕪村句集』には「花いばら」の三句がこの順に、三句連作の形で納められている。野路に乱れ咲く花いばらを見て幼いころを思い出し、強い郷愁に駆られた。

路《みち》たえて香《か》にせまり咲《さく》いばらかな

花いばらが野路を覆い尽くして路は絶え、その香りが迫るように匂い来たって、身を包む。香り（嗅覚）と野いばら（視覚）との融合、相乗効果が、この句を一層印象深くしている。

愁《うれ》ひつゝ岡にのぼれば花いばら

萩原朔太郎の『郷愁の詩人与謝蕪村』で、明治以後の詩壇における、欧風の若い詩とも情趣に共通するものがあり「鮮新、浪漫的な水々しい精神を感じさせる」と賞された。

若葉

不二《ふじ》ひとつうづみ残してわかばかな

周囲が若葉で埋め尽くされた富士山を、峠の頂きから、あるいは今であれば飛行機からもこのように詠むことができよう。構想雄大の句を歌いあげた想像力の豊かさ。

窓の燈《ひ》の梢《こずゑ》にのぼる若葉哉

部屋に灯した灯りが窓近くの樹の枝をつたい登って梢にまで達する。照らし出されたみずみずしい若葉に彩られたしなやかな梢。繊細、優雅の小宇宙。

三井寺《みゐでら》や日は午《ご》にせまる若楓《わかかへで》

五月晴れの空高く昇った昼前の太陽、その陽の光に映えて、三井寺の若楓が緑を滴らせて輝いている。「三井の晩鐘」で知られる三井寺にはこのような美しさもあるのだ。

金《きん》の間《ま》の人物云《ものい》はぬ若葉かな

飾り立てた豪華な部屋、そこに人が居ることは居るのであるが、若葉が一面に美しく映える庭を前にして、物をいうこともなく、ことりとも音を立てない。静寂の中に時は過ぎゆく。

山に添ふ(う)て小舟漕《こぎ》ゆく若ば哉

山を覆い尽くす若葉は岸辺に垂れ、岸辺に添って小舟が進みゆく。佐藤春夫の「空青し山青し海青し、日はかがやかに、南国の五月晴れこそゆたかなれ」を彷彿させる。

絶頂の城たのもしき若葉かな

先出の句「不二ひとつ……」とは異なり、仰ぎ見るアングルからの、万緑の若葉の頂上に聳え建つ壮麗な城の眺め。架空のものでもよいが、たとえば金華山の岐阜城など。

59　夏

麦、麦秋

うは風に音なき麦を枕《まくら》もと

蕪村が俳友、雅因を嵯峨に訪ねたときの作。想像であるが、あたり一面の麦畑の上を、そよ風が音もなく吹き抜ける中、二人一緒に寝そべって、歓談にうち興じる。

旅芝居穂《ほ》麦《むぎ》がもとの鏡《かがみ》たて

穂が出そろった麦刈前の農村での旅芝居一座。楽屋など望むべくもないので、穂麦のもとに鏡たてを置いて芝居の準備をする。これも、江戸時代の農村風景の一つ。

春《うすづく》や穂麦が中の水《みづ》車《ぐるま》

「うすづく」は太陽が沈むこと。熟れて金色に染めあがった穂麦の中に水車が回り、沈む夕日に美しく照らし出される。蕪村は農村を題材にしても、多くの佳吟を物した。

病人の駕《かご》も過《すぎ》けり麦の秋

麦刈や脱穀で、村中総出のてんやわんやの忙しさの中を、病人を乗せた駕までがあわただしく通り過ぎて行った。初夏の強い日差しに麦埃舞う農村の活気あふれる生活の一断面。

麦《むぎ》秋《あき》や何におどろく屋《や》ねの鶏《とり》

この句を読むと、芝不器男の「永き日のにわとり柵を越えにけり」を思い出す。うららかな農家の午後を、蕪村は「けたたましく鳴く鶏の声」で、不器男は「静かな柵越え」で捉えた。

長旅や駕《かご》なき村の麦ぼこり

長旅の途中、麦の収穫で忙しくしている村に入ってしまった。麦打ちの真最中で、麦埃が舞いあがり、駕でもあれば、との思いが募る。旅人から見た麦秋の農村風景。

地理、人事

夏河を越すうれしさよ手に草履《ざうり》

少年が履物を手に、夏雲の湧く河原を渡っていく。ほてった足を浅瀬の流れに浸しつつ。今でもこんな体験を、たとえば夏休みの思い出として持つような少年はいるに違いない。

石工《いしきり》の鑿《のみ》冷したる清水《しみづ》かな

花崗岩の隙間に湧き出る、あるいは流れ来た清水の中に、石工の鋭利な鑿が冷やしおかれている。清冽極まる清水と、その周りの情景が浮かび上がる。

討《うち》はたす梵倫《ぼろ》つれ立《だち》て夏野かな

『徒然草』百十五段の虚無僧（梵倫）同士の決闘の話に基づく。二人が連れ立って歩く炎天下の夏野、決闘を前にして、ものみな鳴りをひそめるなか、森閑たる緊張感が張りつめる。

御手討《おてうち》の夫婦《めをと》なりしを更衣

お手打ちになるはずの男女が赦され、晴れて夫婦になり、衣更えを迎えてその喜びを噛みしめている。この男女の過去、現在、未来までをも、様々に思いめぐらすことができる。

離別《さら》れたる身を踏込《ふんごん》で田植哉

離縁された女性ではあるが、寄合い仕事の田植えには出なければならない、その恥ずかしさと気後れを振り払って、田に踏み込むまでの切実で複雑な内容を、十七文字で表した。

鯰《なまづ》得て帰る田植の男かな

田仕事のときに、鯰、泥鰌、鰻などの捕れることがままある。田植えが終わったあと、鯰をぶら下げてあぜ道を揚々と引き上げてゆく男の姿。農夫でないと思いつかないような句。

動物

飛蟻《はあり》とぶや富士の裾野《すその》ゝ(の)小家《こいへ》より

雄大な富士山、その広大なすそ野の中のまことに小さな家の小窓から、これまた小さい飛蟻が舞い飛んでいる。鋭いカメラアングルでとらえた名画のワンシーンを想わせる。

鮎《あゆ》くれてよらで過《すぎ》行《ゆく》夜半《よは》の門《かど》

書聖、王義之の息子、王子猷と戴安道との互いの深い信頼に基づく淡々とした交友の故事を踏まえる。豊漁だったからと、友は鮎をおいて、言葉少なに闇の中に消えていった。

ほとゝぎす平安城を筋《すぢ》違《かひ》に

蕪村には、鳥瞰的アングルからの大きな構図の秀吟がいくつかある。その中の一つ。道路が東西南北に碁盤の目のように走る京都の街を、時鳥が筋交に飛び去っていった。

古井戸や蚊に飛ぶ魚《うを》の音くらし

古井戸の中の魚と蚊、こんなところにまでよくも目をつけたもの。「音くらし」と、芭蕉の「牛部屋に蚊の声くらき残暑かな」の「声くらき」や「海暮れて鴨の声ほのかに白し」の「声白し」との違い。

夕風や水青鷺《あをさぎ》の脛《はぎ》をうつ

夕闇せまる湖の岸に青鷺が一羽、涼風にさざ波立つ水面に細い脚を浸しながら佇んでいる。夏の夕暮れを描いて、絵だけでは描きつくせない美しさ、清涼さを見事なまでに表した。

蟬《せみ》鳴《なく》や行者《ぎやうじや》の過《すぐ》る午《うま》の刻《こく》

蟬しぐれが降りしきる暑いさ中の真昼時、無言の行者が通り過ぎる。蟬の鳴き声とその中を押し黙りゆく行者との対比、芭蕉の「閑かさや岩にしみ入る蟬の声」の世界に通じるものがある。

71　夏

拾遺

涼しさや鐘《かね》をはなるゝかねの声

静かな水面に石を投げ入れた時のように、鐘の音が同心円状に広がっていく。音の輪は鐘の表面に添って上下方向にも立体的に。鐘の音からも涼しさを感じとった。

若竹や夕日の嵯《さ》峨《が》と成《なり》にけり

夕日に透きとおるように美しく映える若竹の嵯峨。景勝地、嵯峨の魅力を若竹に見出した斬新さ。「成にけり」の詠嘆的措辞がぴったり。

さみだれや大《たい》河《が》を前に家二軒

降り続く梅雨で増水した大河、その岸辺に家が二軒、見るからに心細そうに並んで立っている。「五月雨や美豆の小家の寐ざめがち」と並び称される名句。

夕だちや草葉をつかむむら雀《すずめ》

急な夕立ちで、雀たちが逃げ場を失い、草葉のようなものでも掴まざるを得なくなった。そのあわてぶりの一瞬を、切れ味鋭く写真に撮り収めたような句。

薫《くん》風《ぷう》やともしたてかねついつくしま

厳島神社の夕暮れ時、吹き渡る薫風で回廊の燈明がすぐに消えてしまい、なかなか灯りを灯すことができない。その様子が、中七以後の屈曲した調べからも伝わってくる。

酒十《じふ》駄《だ》ゆりもて行《ゆく》や夏こだち

四斗樽二つが一駄、馬一頭分の荷。両側に振り分けにした酒樽を揺らしながら、馬十頭が涼風の吹き抜ける夏木立の中を進み行く。一時《いっとき》、夏の暑さを忘れさせるようなさわやかさ。

秋

相撲

夕露や伏見《ふしみ》の角力《すまひ》ちりぐ〳〵に

伏見稲荷の秋の宮相撲かといわれている。相撲に熱狂していた見物客も四散してしまった。あとには、踏みしだかれた草々に夕露がしとどに降りて、わびしさが漂う。

負《まく》まじき角力《すまひ》を寝ものがたり哉

負けるはずではなかった相撲なのに、と秋の夜長を寝物語に愚痴る男。聞いてくれている相手の女性の表情や女性との関係なども様々に思い浮かんでくる。

天窓《あたま》うつ家に帰るや角力取《とり》

お相撲さんは背が高い。故郷の家に帰って、つい頭を鴨居に打ちつけてしまった。ただこれだけのことである。しかしなにかおおらかで、微笑みが湧いてくるような句。

飛《とび》入《いり》の力者《りきしや》あやしき角力《すまひ》かな

草相撲に飛び入りで入ってきた男、その男が次々と相手を倒す強さを見て、見物人たちはいったい何者か、と驚き怪しむ。狭い村社会に、ひと時、緊張感が走る

よき角力《すまふ》いでこぬ老《おい》のうらみかな

相撲界に限らず、昔は良かった、との老人の繰り言めいた言説は、今の世も変わることがない。この類の内容を、見事に句に仕立て上げた。

訪《と》ひよりし角力《すまひ》うれしき端居《はしゐ》哉

贔屓のお相撲さんが家に立ち寄ってくれ、縁先に出て、楽しく話をする機会を持てた、そのうれしさを素直に述べたもの。蕪村には、秋の季語、「相撲」の佳吟も多い。

灯、火

もの焚《たい》て花火に遠きかゝり舟

遠くに花火が揚がる中、川岸につながれた水上生活者の舟上には、夕餉の仕度にものを焚く火が見える。遠景の華やかな花火と近景のつましくものを焚く火との対照。

稲《いな》づまや浪《なみ》もてゆへる秋《あき》つしま

さながら、人工衛星から見たような雄大な鳥瞰的構図の句。稲妻により、打ち寄せる浪で白く垣をめぐらせたように、日本の国が照らし出される。蕪村の奔放、独創的空想。

相《さう》阿《あ》弥《み》の宵《よひ》寝《ね》起《おこ》すや大《だい》文《もん》字《じ》

銀閣寺の庭を造った相阿弥が、大文字の日にも寺に来ていた。つい宵寝をしてしまい、送り火の騒ぎで目を覚ました。空想の作ながら、強いリアリテイさえ感じさせる。

むし啼《なく》や河内《かはち》通《がよ》ひの小《こ》でうちん（ぢやう）

河内に通じる、虫のすだく夜道を男が小さな提灯の灯を頼りに通いゆく。『伊勢物語』の二十三段、河内の女のもとに通う男を案じる妻の、いじらしさと男の身勝手、が心に沁みる。

秋の燈《ひ》やゆかしき奈良《なら》の道具市

秋の燈、奈良、道具市、この雰囲気を「ゆかしき」の一言で表した。蕪村には、灯りなどをモチーフに、人生や生活などを深く、温かく描いた佳吟が多い。

手燭《てしょく》して色失へる黄菊哉

手燭の黄色い光に照らされると、黄菊が色を失って白菊のように見えてくる、という微妙な色の変化を鋭く捉えた。電灯と太陽のもとでの着物の色の変化を、皆さんも一度は経験したことであろう。

花

朝がほや一《いち》輪《りん》深き渕のいろ

深い藍色の一輪のあさがをは、さながら藍を湛えた深い淵の色。江戸時代においても、蕪村は近代に通じるこのような斬新な感覚で、あさがおを描くことができた。

修《しゆ》理《り》寮《れう》の雨にくれゆく木《む》槿《くげ》哉

修理営繕の宮職人の居る修理寮に咲く槿の花が、夕暮れの秋雨に打たれてしぼみゆく。朝に咲き夕べに萎むはかない風情の槿と、古雅なたたずまいの修理寮との取り合わせ。

蘭《らん》夕《ゆふべ》狐《きつね》のくれし奇《き》楠《やら》を炷《たか》む

高潔、貞節を象徴する蘭の花が芳香漂わせる秋の夕べには、狐のくれた伽羅（香料）でも焚いて、夢の世界に遊ぶとしよう。幻想の世界を俳句で描き出した。

山は暮《くれ》て野は黄昏《たそがれ》の薄《すすき》哉

山と野、暮れと黄昏、の対比、漢詩の一節を見るよう。遠く目をやれば、すでに山は暮れて暮色蒼然、山裾の野をなす薄はかすかに残る光をまとって、秋風に揺れる。

甲《か》斐《ひ》がねや穂《ほ》蓼《だて》の上を塩車

ほたでの咲く中を、塩を積んで運ぶ荷車が甲斐の山、白根山の道を通り過ぎ行く。秋に咲くほたでの紅と、塩、白根山の白との組み合わせ。

しら菊《ぎく》や庭に余りて畠《はたけ》まで

庭先に植えた白菊が勢い余って畑まで咲き広がっている。清楚な白菊が畑の秋野菜の濃緑に映えて美しく、農家の秋の風情をいっそう味わい深いものにしている。

89　秋

野分

鳥《と》羽《ば》殿《どの》へ五六騎いそぐ野《の》分《わき》哉

異変の知らせでもあったのか、吹き荒れる台風を冒し、五六騎の武者が鳥羽の離宮を目指して疾駆してゆく。唯ならぬ気配と緊張感が漂う一幅の美しい歴史画。

客僧の二階下《お》り来る野分哉

宿泊していた旅の僧が、夜が更けるにつれて激しくなる台風に恐れをなして、二階から降りてきた。激しさを増す台風、僧の心理、宿の間取り、などが手に取るように分かる。

野《の》分《わき》して鼠《ねずみ》のわたるにわ（は）たず（づ）み

台風が去った後、あたりは不思議と静まりかえって、なにかホッとした雰囲気さえ感じる。動くものといえば、台風の雨が溜まった庭の水たまりを渡ってゆく一匹の鼠のみ。

野分止《や》んで戸に灯《ひ》のもるゝ村はづれ

台風が過ぎ去り、日が暮れた。村外れの一軒家の戸の隙間から灯りが漏れてきて、安堵感が漂う。私の少年時代の同様の記憶が、懐かしさとともによみがえる。

市人《いちびと》のよべ問《とひ》かわすのは(わ)きかな

台風が過ぎ去った翌日の朝、市場に集まった人々が、昨夜の台風の激しさ、その被害の状況などを、てんでに声高に問いかわし合っている。

うつくしや野分《のわき》の後《のち》のとう(た)がらし

台風一過の荒れた畑に、むき出しになった深紅の唐辛子がひときわ目に映える。「うつくしや」と、主観的措辞を上五に置いてあるが、不思議と押しつけがましさがない。

天文、人事

秋風《しうふう》や酒肆《しゆし》に詩うたふ漁者《ぎよしや》樵者《せうしや》

漢詩調の句。秋風の吹く頃、酒肆（居酒屋）で、漁者（漁師）と樵者《きこり》とが良い機嫌になって、唄をうたっている。心地よい頭韻のシ音の重なりが生み出す秋の爽やかさ。

かなしさや釣の糸吹《ふく》あきの風

大河（江）に小舟を浮かべてひとり釣りをする漁師。その釣り糸が秋風に吹かれてわびしく揺れたわむ。秋の訪れに感じる寂しさ、寂寥感。

月天《てん》心《しん》貧しき町を通りけり

月を詠んだ蕪村の句の中で、最も印象に残る秀吟。秋の澄んだ月が、貧しい町をこうこうと照らしながら通り過ぎて行く。アンデルセン童話の「絵のない絵本」を連想。

四五人に月落《おち》かゝるおど(を)り哉

宵のうち大勢で踊っていた盆踊りも、夜が更けて月が西に落ちかかる頃には、四五人になってしまった。極端に省略した句でありながら、絵のような美しさ、そして寂しさまでもが感じ取られる。

恋さまぐ〳〵願《ねがひ》の糸も白きより

七夕の竹竿にかける五色の願いの糸、その糸はまず白から染められるように、無垢な少女たちの恋も、これからいろいろな色に染まり、人生を重ねてゆくことであろう。

沙《は》魚《ぜ》釣《つり》の小舟漕《こぐ》なる窓の前

秋雨が続く頃はハゼ釣りのシーズン。岸辺でも、小舟でも、盛んにおこなわれる。海辺の宿の窓から、ハゼ釣りに漕ぎゆく小舟を眺めていると、ここからも、秋の深まりが感じ取られる。

拾遺

秋立《たつ》や素《さ》湯《ゆ》香《かうば》しき施《せ》薬《やく》院《いん》

施薬院は光明皇后創設の療養施設。秋の始まりの立秋は、未だ暑さの盛り。しかし朝方に兆し始める爽やかな秋の気配を、施薬院に立ち上る香ばしい素湯の香りに感じ取った。

小鳥来る音うれしさよ板びさし

小春日に、小鳥達がやってきて板庇で音を立てている。深まりゆく秋の気配を、小鳥から知らされて心も軽い。「うれしさよ」も押しつけがましくなく、ぴったり。

初《はつ》汐《しほ》に追《おは》れてのぼる小《こ》魚《うを》哉

陰暦八月十五日の大潮（初汐）満潮時には、故郷、志摩でも潮位が高くなり、子魚が岸近くまで泳ぎ寄って来る。もう夏が終わって秋になったのだ、という気持ちがひとしおであった。

身にしむや亡妻《なきつま》の櫛《くし》を閨《ねや》に踏《ふむ》

秋風の吹く頃、老年に差し掛かった男やもめが、妻と睦まじく暮した寝室で、落ちていた梳を思わず踏んでしまった。その寂寥感が、屈折した韻律からも感じとられる。

蜻蛉《とんぼう》や村なつかしき壁《かべ》の色

やわらかな秋の陽射しを受けた村の白壁を背に、赤とんぼが飛び交っている。白壁の白ととんぼの赤、その取り合わせの全てが懐かしく、郷愁がそそられる。

日は斜《ななめ》関屋の鎗《やり》にとんぼかな

関所の番小屋に立てかけてある槍の穂に、とんぼが一匹まりゆく秋の夕日を浴びてとまっている。秋の一日が、何事もなく終わろうとしている。

冬

時候

初冬《はつふゆ》や日和《ひより》になりし京はづれ

平凡な句のようでいて、私には妙に魅かれるところがある。初冬の頃は、時雨模様のせわしい天気が多いものだが、ぽっかりと日和になった京の町はずれの清澄な空気と景色。

冬されや小鳥のあさる韮畠《にらばたけ》

冬が来て、畑も庭も荒れさびたたたずまいの中、緑のものとて韮ぐらいしか残っていない。そんなところに小鳥達が来て、せわしく餌をあさっている。

真《ま》がねはむ鼠《ねずみ》の牙《きば》の音寒し

冬の夜、屋内の鉄製の調度を鼠がかじっている。その音を「寒し」と捉えた。すでに聴覚による「蚊に飛ぶ魚の音くらし」を紹介したが、この場合は「音寒し」なのである。

飛弾《ひだ》山《やま》の質屋とざしぬ夜半の冬

飛騨の山里の冬夜の寒さは、ことさらに厳しい。夜になり、質屋はしっかりと戸締りをして店を閉めた。質屋の厳重な戸締りのさまが、飛騨の厳寒の気をさらに際立たせる。

炭《すみ》売《うり》に日のくれかゝる師《し》走《はす》哉

京の近郊から街中に来た炭売りに、師走の短日が早くも暮れかかる。師走のせわしさの中に漂う一種のわびしさが妙に心にかかる。

いざや寐《ね》ん元《ぐあん》日《じつ》は又翌《あす》の事

種々思いを巡らせることの多い大晦日だが、元日も明日は明日、明日になって考えればよいこと、さあ寝るとしよう。明日は明日の風が吹く。蕪村にしては珍しい趣向の句。

天文一

楠《くす》の根を静《しづか》にぬらす時雨哉

人はこの句の情景をどこかで一度は見たように思うのではなかろうか。楠の根を音もなく濡らす時雨に、初冬の静かな美しさ、それを見出した蕪村の感性の豊かさ。

水ぎはもなくて古《ふる》江《え》のしぐれ哉

廃れたままの古い入り江、折れ重なった枯蘆などで岸と水との境目までが分からなくなってしまった。そこにわびしく降る時雨が、その境目をなおさら見分けづらくしている。

みのむしのぶらと世にふる時雨《しぐれ》哉

人の目から見れば、ただぶらっと下がっているだけで、何もせず、出来ない無能な蓑虫、その蓑虫に無常な時雨が降りかかる。蓑虫にわが身をことよせて、「降る」と「経る」をかけた。

御火焚や霜うつくしき京の町

御火焚《おひたき》は京都の諸神社で行われる十一月の火焚きの祭り。祭の翌朝、霜が白く一面に降りて、それはまた美しい京の町であることよ。赤い火と白い霜の、時を隔てての対比。

霜《しも》百里舟中《しうちゆう》に我《われ》月を領《りやう》す

漢詩調の句。高弟、几董と淀川を夜舟で遡って、大阪から京都に帰った時の作。両岸が一面霜で覆われた淀川を行く舟の中では、澄み切った冬の月を独り占めに出来るのだ。

うぐひすや何ごそつかす藪《やぶ》の霜

蕪村の臨終三句のなかの第二句。霜の降りた藪の中で、鶯がなにかカサコソと音を立てている。死を近くに実際に聞いた音なのか、幻聴なのか。この機に及んでもなお、蕪村の詩心は健在。

天文二

こがらしや何に世わたる家五軒

木枯らしの吹きすさぶ荒ぶなか、生業は何なのか、身を寄せ合うように立ちすくむ五軒の家。この句の五軒だけでなく、蕪村の句にある、一軒、二軒、二三片．四五人、五六騎などの数字の絶妙さ。

寒月や門《もん》なき寺の天高し

寂れて門も無くなってしまった荒れ寺を、凍てつくような寒の月がこうこうと照らし出している。寒月に冴え返る天空がよけいに高く感じられる。

鍋《なべ》さげて淀《よど》の小《こ》橋《ばし》を雪の人

小雪の中、鍋を下げて淀川の小橋を急ぎ足に渡り行く庶民の生活感漂う情景。雪と夕立の違いはあるが、広重の浮世絵「大はしあたけの夕立ち」を彷彿させる。

大雪と成《なり》けり関の戸《と》ざしごろ

人の往来も絶えた山深い関所の夕暮れ時、降りだした雪は関所を閉ざす頃になり、激しさを増し、大雪となってきた。叙景描写の素晴らしさ、さらに言えばその凄さ。

宿かさぬ火《ほ》影《かげ》や雪の家つゞき

旅の途次の雪雲垂れこめる夕暮れ時、二三軒で宿を乞うたが、すげなく断られた。振りかえれば、雪中の家々にともる灯りがただに美しい。恩讐を越えた蕪村の美意識。

宿かせと刀投《なげ》出《だ》す吹《ふ》雪《ぶき》哉

映画か芝居のなかの一場面。吹雪が激しくなり、やっと探し当てた宿の主との押し問答、その末の刀を投げ出しての強談判。身なりの良くない武士か浪人の姿さえもが浮かんでくる。

動物、植物

鯨《くぢら》売《うり》市《いち》に刀を鼓《ナラ》しけり

鯨は冬の季節になると日本近海にも現れ、紀州などではさかんに捕鯨が行われた。市場では捕れた鯨を、大きな包丁を威勢よく振るいさばいて売っている。つい足を止めて見入ってしまいそう。

冬鶯むかし王《おう（わう）》維《い》が垣根哉

蕪村臨終三句のなかの第一句。冬鶯が我が家の垣根で鳴いている。唐の詩人、王維の垣根でもこのように鶯が鳴いていたのだろう。死に臨んでも、詩情豊かな句を生み出した。

狐《きつね》火《び》の燃へ《(え)》つくばかり枯《かれ》尾《を》花《ばな》

蕪村の好みの一つ、怪奇幻想の世界。実際にそれに近いものを見たのかもしれないが。荒れ野一面の枯れ尾花に、狐火が今にも燃えつくのでないか、と思うばかりに燃えている。

葱《ねぶか》買《かう》て枯《かれ》木《き》の中を帰りけり

冬の夕暮れ時、買った葱をぶら下げて、葉が落ち色褪せた枯れ木の中、家路を急ぐ。映画にすれば、モノトーンの周囲を背景にして、葱の緑が鮮やかに映えることであろう。

水鳥や枯木の中に駕《かご》二挺《ちやう》

お城の堀か池の枯れ木のそばに、置かれたままの駕が二挺と、枯れ木の間をとおして見える水面の水鳥。静かな枯れ木、駕と、波紋を立てて泳ぐ水鳥との対比が印象的。

斧《をの》入《いれ》て香におどろくや冬こだち

木の葉の散り尽した寒林に入り、一本の枯れ木に斧を入れた。枯れ木の出す瑞々しい香りに驚くばかり。やってみて初めて味わうことのできる新鮮な驚き。研究でも同じ。

拾遺

新《しん》右衛《ゑ》門《もん》蛇《じや》足《そく》を誘ふ冬《とう》至《じ》かな

新右衛門は連歌師、蛇足は画家、共に禅僧一休と親しかった。冬至は禅宗の祝日。示し合わせて、一休和尚のところへ遊びに行こうと、心が弾む。現実の二人が目に見えるよう。

蕭《せう》条《でう》として石に日の入《いる》枯野かな

寂寥たる枯野の石ころに、弱々しい冬の日が沁み入るように当っている。多くは、石の陰に日が沈む、と解釈されるが、私は異なる。芭蕉の「閑さや岩にしみ入る蝉の声」の感覚に同じ。

細道になり行《ゆく》声や寒念仏《かんねぶつ》

寒念仏の一行の声の変化から、細道にさしかかったようだと知る。蕪村は、このように聴覚だけでなく、視覚、臭覚、触覚、味覚などの殆どを題材にして、斬新な句を作った。

我のみの柴折《をり》くべるそば湯哉

連作、貧居八詠の第三句。一人閑居の身として、そば湯を沸かすのも、自分の分の柴を折くべるだけのこと。老いのくらしのわびしさが身につまされる。

鰒《ふく》汁《じる》の宿《やど》赤〳〵と燈《とも》しけり

寒い冬の夜、赤々と灯をともして鰒汁を供する宿をみかけると、つい心惹かれて入ってみたくなる。鰒の句では他に、「ふく汁の我活キて居る寝覚哉」も捨てがたい。

早《さう》梅《ばい》や御《お》室《むろ》の里の売《うり》屋《や》敷《しき》

仁和寺のある御室の里を訪れたことはないが、この句を読むと、売り屋敷も見える静かなたたずまいの御室の里、晩冬の日差しの中に咲く早咲きの梅の情景が目に浮かぶ。

王朝、異国趣味

王朝趣味

公達《きんだち》に狐化《きつねばけ》たり宵の春

一刻値千金の宵の春、妖しく匂うような貴公子が忽然と現れて佇んでいる。あれは間違いなく狐が化けて出たものであろう。王朝を舞台にした、蕪村の怪奇幻想の世界。

花盛《はなざかり》六波羅《ろくはら》禿《かむろ》見ぬ日なき

桜が満開の京の町を、人ごみにまぎれて、平家の密偵、赤い直垂を着た禿が日毎横行している。六波羅禿は、平家を謗る者を探し出すために、清盛が都に放った三百人の少年。

阿古久曾《あこくそ》のさしぬきふるふ落花哉

阿古久曾は紀貫之の幼名。貫之がはいた指貫（袴の一種）をふるうと、本当の落花と見まがうばかりに、花びらが散り落ちる。貫之の風流な「おいた」を、実際に見てきたような句。

折《をり》釘《くぎ》に烏《え》帽《ぼ》子《し》かけたり春の宿

春の夜、貴人は烏帽子をとって、今宵泊まる宿の柱の折釘に、手慣れた様子で引っかけた。見染めた女性の許に通うのであろう、男の行状の一こまを、想像で描いてみせた。

春《はる》雨《さめ》や同車の君がささめごと

先述の「ゆくはるや……」の改案。「ゆくはるや」を「春雨や」に、「君の」を「君が」に変えた。春雨に煙る牛車の中の男と女の囁き、艶にあえかなる王朝風景。王朝趣味の極め付き。

狩《かり》衣《ぎぬ》の袖《そで》のうら這《は》ふほたる哉

まさに『源氏物語（蛍の巻）』の世界。貴族の略服、狩衣の袖の裏を、蛍が明滅しながら這っている。王朝を舞台にした句は春に多い。王朝趣味の六句の中でも、これだけが夏の句。

129　王朝、異国趣味

異国趣味

瀟《せう》湘《しやう》の鴈《かり》のなみだやおぼろ月《づき》

瀟湘は中国の洞庭湖に注ぐ二つの美しい川。そこを詠んだ銭起の帰鴈（唐詩選　七）を踏まえる。瀟湘を照らす朧月、それは、飛び立つ鴈の涙に霞んで生まれたに違いない。

指《し》南《なん》車《しや》を胡《こ》地《ち》に引《ひき》去《さ》ル霞哉

北方の異民族を討つための遠征軍が、指南車を先頭に立てて、霞が立ち込める中を進み行く。指南車は、中国の古代、車上の木像が常に南を指すように造られた戦陣用の車。

高《こ》麗《ま》舟《ぶね》のよらで過《すぎ》ゆく霞かな

彩りも鮮やかな見慣れない異国の舟が、霞の立ち込める沖合に現れた。近づいてくるようにも見えていたが、いつしか遠ざかり、霞の中に消えていった。異国趣味の代表作。

揚州《やうしう》の津《つ》も見えそめて雲の峯

夏の長江を下る長い船旅、行く手に雲が湧き上がり、その下にはようやく揚州の街が見えてきた。揚州は中国江蘇省、長江流域の港町で、江都と称され繁栄した。

石陣《せきぢん》のほとり過《すぎ》けり夏の月

その昔、諸葛孔明が八陣の法により、小石を積んで造った陣の遺跡、石陣の近くを通り過ぎてゆく。あたりはただ夏の淡い月が照らしているだけである。

易水《えきすい》にねぶか流るゝ寒《さむさ》かな

燕の荊軻が秦の始皇帝を刺そうと、中国河北省の河、易水のほとりの送別の宴で、「風蕭々として易水寒し。壮士一たび去って復還らず」と吟じた故事に基づく。事成らずして終わり、燕も、秦も滅び、易水のみが寒く流れている。寒く流れる葱も復還らず、である。

おわりに

「蕪村のロック」の「ロック」は、とくに深い意味をもつものではない。「はじめに」で触れたように、単に、六句とロックの語路合わせに過ぎない。ただ、一九五〇年代にアメリカで生まれたロック音楽が、世界中の音楽に衝撃を与え、社会にも強いインパクトを与えたことと、芭蕉没後に生まれた中興俳諧で、中心的役割を果たした蕪村が俳諧に与えたインパクトの大きさには、互いに共通するものがあると言えそうである。

解釈、感想は出来るだけ短くまとめた。書き過ぎて、読む人の自由な解釈、感想の妨げにならないように、との思いからである。

取り上げた俳句の順序に、特別の意味はないが、基本的には、文献（三）の季語集の分類と順序に従った。梅、さくらなどの季語で六句が括られるものを初めにおき、季語の分類項目、時候、天文などで括られるものを次に、季語や分類項目では括ることが出来ないが、その季節を代表する捨てがたい句がある場合には、それらを六句集めて「拾遺」とした。

私を惹きつけて止むことのない蕪村には、さらに、王朝趣味、異国趣味の俳句がある。それぞれに六句を集めて最後に置いた。

採用した俳句の表記（漢字、仮名遣いなど）は、基本的に、文献の（一）と（二）に従った。

写真を担当してくれた古河洋文氏は、四十年あまり前に私が担当することになった九州工業大学工学部金属加工学科の研究室の修士課程第一回の卒業生である。写真を趣味にして、その腕は確かなものであり、迷うことなく彼に、この本への協力をお願いした。そのうえ、あちこちの、数々の写真撮影には、彼の奥様、英枝様が、車を運転くださるなど、多大のご尽力をいただいた。心からお礼を申し上げる。

また、この本の出版にあたっては、海鳥社の皆さまのお世話になり、とりわけ社長の西俊明様には数々の行き届いたご指導、アドバイスをいただいた。心からお礼を申し上げる。

二〇一五年四月二十七日

向井楠宏

写真の説明（説明が必要なもののみ記す）
一七頁：三井寺（園城寺、大津市園城寺町）の食堂
一九頁：金戒光明寺境内（京都市左京区黒谷町）
二一頁：西本願寺の阿弥陀堂門（京都市下京区）
二三頁：宇佐神宮（宇佐八幡宮、大分県宇佐市）の南中楼門
三一頁：姫路市内の桜並木。騎馬は「震災復興相馬野馬追い2012」のご好意により古式甲冑競馬の写真の一部を使用させていただいた。
http://shi.na.coocan.jp/soumanomaoi.h24.html#kaachuukeiba
三三頁：仁和寺（京都市右京区御室）の五重塔と御室桜
四五頁：天橋立の松並木（京都府宮津市）
四七頁：石部宿場の里（滋賀県湖南市）
五三頁：神戸市立森林植物園（神戸市北区）
五七頁：三井寺（園城寺、大津市園城寺町）の大門
五九頁：金華山の岐阜城（稲葉山城）
七三頁：竹林の小径（京都市右京区）
七五頁：厳島神社（広島県廿日市市宮島町）
七九頁：大相撲大阪場所（大阪府立体育館）
八三頁：五山送り火の大文字（如意ヶ嶽、京都市左京区）
九七頁：江戸時代風の七夕飾り（古河自宅）
一〇九頁：香椎宮（福岡市東区香椎）
一二一頁：砥峰高原（兵庫県神崎郡神河町）
一二五頁：知恩院の三門（京都市東山区）
一二七頁：京都御所の清涼殿（京都市上京区）
一三三頁：揚子江（長江）の山峡地域

絵の説明
七頁（目次）：夏の山道
二五頁：こでまり
四七頁：ぼたん
七一頁：青鷺
七七頁（秋中扉）：オナガ（石江馨撮影を模写）
八一頁：角力図（蕪村筆の模写）
一二九頁：御所車（絵葉書の模写）

参考文献
表記や解釈で参考にした主な文献
（一）『蕪村俳句集』尾形仂校注、岩波文庫、一九八九年三月
（二）『蕪村全句集』藤田真一、清登典子編、おうふう、二〇〇〇年六月
（三）『俳句の解釈と鑑賞事典』尾形仂編、笠間書院、二〇〇〇年十一月
部分的に参考にした文献
（四）『蕪村秀句（新版）』水原秋櫻子著、春秋社、二〇〇一年二月
（五）『憧れの名句』後藤比奈夫著、日本放送出版協会、二〇〇二年十二月
（六）『古典名句鑑賞歳時記』山本健吉著、角川学芸出版、二〇一〇年五月
（七）『私の好きなこの一句』柳川彰治編著、平凡社、二〇

一二年四月
（八）「別冊太陽　与謝蕪村」藤田真一監修、平凡社、二〇一二年十二月
（九）『蕪村句集』玉城司校注、角川ソフィア文庫、二〇一一年二月

俳句索引

あ

秋立や素湯香しき施薬院　98
秋の燈やゆかしき奈良の道具市　84
阿古久曽のさしぬきふるふ落花哉　126
朝がほや一輪深き渕のいろ　86
天窓うつ家に帰るや角力取　78
鮎くれてよらで過行夜半の門　68

い

筏士の蓑やあらしの花衣　31
八巾きのふの空のありどころ　38
いざや寐ん元日は又翌の事　106
石工の鑿冷したる清水かな　64
市人のよべ問かわすのはきかな　92
稲づまや浪もてゆへる秋つしま　82

う

うぐひすや何ごそつかす藪の霜　110
春や穂麦が中の水車　60
うたゝ寝のさむれば春の日くれたり　20
討はたす梵倫つれ立て夏野かな　64
うつくしや野分の後のとうがらし　92
海手より日は照つけて山ざくら　30
むめのかの立のぼりてや月の暈　28
愁ひつゝ岡にのぼれば花いばら　54
うは風に音なき麦を枕もと　60

え

易水にねぶか流るゝ寒かな　132

お

大門のおもき扉や春のくれ　20
大雪と成けり関の戸ざしごろ　113
遅キ日や雉子の下りゐる橋の上　38
御手討の夫婦なりしを更衣　66
斧入て香におどろくや冬こだち　118
御火焚や霜うつくしき京の町　110
おぼろ月大河をのぼる御舟かな　14
朧夜や人彳るなしの園　16
折釘に烏帽子かけたり春の宿　128
女倶して内裏拝まんおぼろ月　16

か

甲斐がねに雲こそかゝれ梨の花　40
甲斐がねや穂蓼の上を塩車　88
陽炎や名もしらぬ虫の白き飛　38
片町にさらさ染るや春の風　40
かなしさや釣の糸吹あきの風　94
蚊の声す忍冬の花の散ルたびに　52
狩衣の袖のうら這ふほたる哉　128
寒月や門なき寺の天高し　112

き

狐火の燃へつくばかり枯尾花　117
客僧の二階下り来る野分哉　90
公達に狐化たり宵の春　126
金の間の人物云はぬ若葉かな　58

く

鯨売市に刀を皷しけり　116
楠の根を静にぬらす時雨哉　108
薫風やともしたてかねついつくしま　74

こ

恋さま〴〵願の糸も白きより　96
河骨の二もとさくや雨の中　52
こがらしや何に世わたる家五軒　112
小鳥来る音うれしさよ板びさし　98
木の下が蹄のかぜや散さくら　30
高麗舟のよらで過ゆく霞かな　130

さ

酒十駄ゆりもて行や夏こだち　74
さしぬきを足でぬぐ夜や朧月　14
さみだれや大河を前に家二軒　72
離別れたる身を踏込で田植哉　66

し

地車のとゞろとひゞく牡丹かな　49
四五人に月落かゝるおどり哉　96
指南車を胡地に引去ル霞哉　130
霜百里舟中に我月を領す　110
秋風や酒肆に詩うたふ漁者樵者　94
修理寮の雨にくれゆく木槿哉　86
蕭条として石に日の入枯野かな　120
瀟湘の鳫のなみだやおぼろ月　130
燭の火を燭にうつすや春の夕　18
しら梅に明る夜ばかりとなりにけり　28
しら梅の枯木にもどる月夜哉　28
しら菊や庭に余りて畠まで　88
新右衛門蛇足を誘ふ冬至かな　120

す

涼しさや鐘をはなるゝかねの声　72
炭売に日のくれかゝる師走哉　106

せ

石陣のほとり過けり夏の月　132
寂として客の絶間のぼたん哉　48
絶頂の城たのもしき若葉かな　58
蟬鳴や行者の過る午の刻　70

そ

相阿弥の宵寝起すや大文字　82
早梅や御室の里の売屋敷　122

た

旅芝居穂麦がもとの鏡たて　60

ち

ちりて後おもかげにたつぼたん哉　49

つ

月おぼろ高野の坊の夜食時　16
月天心貧しき町を通りけり　94

て

手燭して色失へる黄菊哉　84

と

訪ひよりし角力うれしき端居哉　80
鳥羽殿へ五六騎いそぐ野分哉　90
飛入の力者あやしき角力哉　80
蜻蛉や村なつかしき壁の色　100

な

長旅や駕なき村の麦ぼこり　62
夏河を越すうれしさよ手に草履　64
菜の花や和泉河内へ小商　34
菜の花や鯨もよらず海暮ぬ　36
なのはなや笋見ゆる小風呂敷　35
菜の花や月は東に日は西に　34
なの花や昼一しきり海の音　35
菜の花やみな出はらひし矢走舟　36
鍋さげて淀の小橋を雪の人　113
鱠得て帰る田植の男かな　66

に

にほひある衣も畳まず春の暮　18

ね

葱買て枯木の中を帰りけり　117
ねぶたさの春は御室の花よりぞ　32

寐仏を刻み仕舞ば春くれぬ　22

の

野分して鼠のわたるにわたずみ　90
野分止んで戸に灯のもるゝ村はづれ　92

は

飛蟻とぶや富士の裾野ゝ小家より　68
白梅や墨芳しき鴻臚館　26
沙魚釣の小舟漕なる窓の前　96
初汐に追れてのぼる小魚哉　98
初冬や日和になりし京はづれ　104
花いばら故郷の路に似たる哉　54
花の香や嵯峨のともし火消る時　31
花盛六波羅禿見ぬ日なき　126
はるさめや暮れなんとしてけふも有　12
春雨や小磯の小貝ぬるゝほど　10
春雨や同車の君がささめごと　128
春雨や人住ミて煙壁を洩る　10
春雨やものがたりゆく蓑と傘　12
春の海終日のたり〱哉　40
春の夕たえなむとする香をつぐ　20

ひ

飛弾山の質屋とざしぬ夜半の冬　106
雛見世の灯を引ころや春の雨　12
日は斜関屋の鎗にとんぼかな　100
病人の駕も過けり麦の秋　62

ふ

鰒汁の宿赤〱と燈しけり　122
不二ひとつうづみ残してわかばかな　56
二もとの梅に遅速を愛す哉　26
冬鶯むかし王維が垣根哉　116
冬されや小鳥のあさる韮畠　104
古井戸や蚊に飛ぶ魚の音くらし　70

へ

閉帳の錦たれたり春の夕　18

ほ

方百里雨雲よせぬぼたむ哉　48
細道になり行声や寒念仏　121
ほとゝぎす平安城を筋違に　68
牡丹切て気のおとろひし夕かな　50
牡丹散て打かさなりぬ二三片　50

ま

真がねはむ鼠の牙の音寒し　104
負まじき角力を寝ものがたり哉　78
窓の燈の梢にのぼる若葉哉　56

み

三井寺や日は午にせまる若楓　56
みじか夜や浅井に柿の花を汲　46
みじか夜や浅瀬にのこる月一片　46
みじか夜や小見世明たる町はづれ　46
短夜や同心衆の川手水　44
短夜や浪うち際の捨篝　44
みじか夜や六里の松に更けたらず　44
水ぎはもなくて古江のしぐれ哉　108
水鳥や枯木の中に駕二挺　118
路たえて香にせまり咲いばらかな　54
身にしむや亡妻の櫛を閨に踏　100
みの虫の古巣に添ふて梅二輪　26
みのむしのぶらと世にふる時雨哉　108

む

麦秋や何におどろく屋ねの鶏　62
むし啼や河内通ひの小でうちん　84

も

もの焚て花火に遠きかゝり舟　82
物種の袋ぬらしつ春のあめ　10

や

宿かさぬ火影や雪の家つゞき　114
宿かせと刀投出す吹雪哉　114
山に添ふて小舟漕ゆく若ば哉　58
山は暮て野は黄昏の薄哉　88

ゆ

夕風や水青鷺の脛をうつ　70
夕だちや草葉をつかむむら雀　74
夕露や伏見の角力ちり〴〵に　78
ゆく春や歌も聞へず宇佐の宮　22
ゆく春やおもたき琵琶の抱心　24
ゆく春や逡巡として遅ざくら　32
行春や白き花見ゆ垣のひま　24
行春や撰者をうらむ哥の主　22
ゆくはるや同車の君のさゝめごと　24
柚の花やゆかしき母屋の乾隅　52

よ

揚州の津も見えそめて雲の峯　132
よき角力いでこぬ老のうらみかな　80
よき人を宿す小家や朧月　14

ら

蘭夕狐のくれし奇楠を炷む　86

わ

若竹や夕日の嵯峨と成にけり　72
我のみの柴折くべるそば湯哉　121

向井楠宏（むかい・くすひろ）
1940年，三重県に生まれる。1963年，名古屋大学工学部金属学科卒業。1968年，名古屋大学大学院工学研究科博士課程金属工学専攻単位取得満期退学。工学博士。
名誉教授：九州工業大学，東北大学（中国）。
客員教授：トロント大学（カナダ），インペリアルカレッジ（イギリス），王立工科大学（スウェーデン），北京大学，重慶大学，上海大学，昆明理工大学。
日本鉄鋼協会名誉会員。
著書：『化学熱力学の使い方』（共立出版，1992）『高温融体の界面物理化学』（アグネ技術センター，2007）『末期ガン科学者の生還』（カロス出版，2012）。

写真
古河洋文（ふるかわ・ひろふみ）
1948年，大分県に生まれる。1971年，九州工業大学工学部金属工学科卒業。1973年，九州工業大学工学部金属加工学科修士課程修了。三菱重工業株式会社（広島研究所）入社。2002年，同社（高砂研究所）退社。三ツ星ベルト株式会社（神戸本社）入社。2008年，同社退社。工学修士。

蕪《ぶ》村《そん》のロック

■

2015年7月17日　第1刷発行

■

編著者　向井楠宏
写　真　古河洋文
発行者　西　俊明
発行所　有限会社海鳥社
〒812-0023　福岡市博多区奈良屋町13番4号
電話092(272)0120　FAX092(272)0121
印刷・製本　大村印刷株式会社
ISBN978-4-87415-950-7
http://www.kaichosha-f.co.jp